Las ballenas cautivas

Carlos Villanes Cairo

¡Déjate caer por **fueradeclase.com**
un portal para gente como tú!

Primera edición: septiembre 1991
Vigésima sexta edición: mayo 2005

Dirección editorial: Elsa Aguiar
Colección dirigida por Marinella Terzi
Ilustraciones: Esperanza León

© Carlos Villanes Cairo, 1991
© Ediciones SM, 1997
   Impresores, 15
   Urbanización Prado del Espino
   28660 Boadilla del Monte (Madrid)
   www.grupo-sm.com

ISBN: 84-348-2967-3
Depósito legal: M-13182-2052
Impreso en Perú / *Printed in Peru*
Imprenta Quebecor World Perú S.A.
Av. Los Frutales 344 Ate-Lima

1 *El canto de las ballenas*

Este año se ha adelantado el invierno. Las ventiscas heladas del Polo Norte han congelado deprisa la superficie del mar y sobre su azul intenso ahora se tiende un manto tan blanco que hiere los ojos cuando reverbera con el sol. En pocos días, la capa de nieve se ha hecho gruesa y ya puede soportar el peso de un trineo tirado por ocho perros.

Ahora también amanece más tarde, y, al alba, un lánguido sol, amarillento como desteñido, anuncia que será un día muy frío y despejado.

La madre de Yak enciende el fuego familiar y, mientras se cocinan los alimentos, el padre distribuye los trabajos del día.

Yak y el abuelo irán de pesca mar adentro, sobre la nieve, en el pequeño trineo. La madre y los dos pequeños rastrearán, en la playa al borde del acantilado, la pista de los últimos nidos del otoño.

—Yo me internaré en el bosque en busca de algún reno salvaje —dice Roy, el padre. Mira a los niños, al abuelo, a su esposa y comenta con tristeza—: Este año no tendremos carne de ballena para el invierno. Ya se han ido todas hacia los mares cálidos.

Yak desayuna con sus padres; luego se embute dentro de sus gruesas ropas esquimales, todas de cuero y confeccionadas con las pieles de los animales que él mismo cazó.

El muchacho sale al patio llevando los aparejos de la pesca. Le miran sus perros y ladran ansiosamente queriendo soltarse de las correas que los atan a las estacas. Presienten que irán en busca de carne y podrán darse un festín.

Yak se acerca a los animales, los acaricia.

—¡No! Ahora no vendréis conmigo —les dice, y deposita sus instrumentos sobre el pequeño trineo con patines de colmillo de morsa, que avanzará impulsado por él mismo.

—¡Cuidado con alejaros mucho! —aconseja Roy—. El hielo todavía no está muy fuerte y puede quebrarse.

—Lo sé —responde el abuelo, y sonríe.

La nieve está dura y el trineo se desliza con gran facilidad.

El abuelo tiene distintos métodos para pescar, y acompañarle siempre ha sido una fiesta. Conoce muchos secretos de la vida marina y cuenta historias casi increíbles, como la de aquella primavera cuando se quedó varado durante varias semanas sobre un bloque de hielo y sobrevivió comiendo pescado crudo.

Hay una leyenda que apasiona y llena de orgullo a la comunidad. Al joven esquimal se la ha contado el mismo Ted Lindsay, ese amigo bueno que también quiere mucho a los animales: «Yak, tu abuelo interpreta el canto de las ballenas y sabe además qué significan los extraños sonidos del mundo submarino. Es un hombre sabio».

En su juventud, el abuelo fue un gran cazador de ballenas. Todos sus secretos se los enseñó a Roy, el padre de Yak, y ahora el muchacho los aprende. En algunos temas Roy es algo escéptico: por ejemplo, no cree la historia del canto de las ballenas.

Muchas otras cosas ha enseñado el abuelo a Yak, como «el secreto de la renovación de la naturaleza», que realmente es muy simple: al recoger huevos, debe siempre dejar la mitad de ellos en el nido, o devolver los peces pequeños al agua, o liberar y curar si están heridos a los cachorros que hayan caído en las trampas. El anciano dice que así nunca se acabarán la caza ni la pesca.

El abuelo sabe cuándo lloverá y dónde están los atunes más gordos, en qué recodo del río se encuentran las truchas asalmonadas y en cuál las arcoiris. Cuando viaja, como ahora, a veces se detiene y deja vagar su mirada por la brumosa lejanía. Yak se sobrecoge y le pregunta:

—¿Qué miras, abuelo?

—El horizonte —y aguza sus ojos rasgados—, la soledad y el silencio.

Yak no lo comprende bien, pero intuye que debe de ser algo muy sabio. Los esquimales no recluyen a los ancianos en los asilos; todo lo contrario, los quieren y respetan porque representan la experiencia y la sabiduría.

—¡En este lugar nos quedamos! —dice el abuelo—. Mira, mar adentro hay neblina, y mientras el viento no se la lleve, es preferible pescar aquí.

Se detienen, descargan los aparejos y cortan el hielo sin mucho esfuerzo. Preparan los cebos, los sedales, y los sumergen en el agua. Se sientan en cuclillas a la espera de que alguno pique.

—Si el Gran Espíritu del Agua está enojado, no vendrán.

—¿Y cómo lo sabremos?

—No picarán.

Ambos se quedan en silencio como si quisieran descubrir alguna señal que les revele los designios del otro mundo.

—Abuelo..., ¿y cómo escuchaste por primera vez el canto de las ballenas?

—Oh, hace mucho tiempo... pescaba en mar abierto y picó un pez muy gordo. Me cogió desprevenido y me tiró al mar. Quedé sumergido y creo que me desmayé. Entonces pude oír muchas voces y ruidos que los mortales nunca oímos en la superficie. Un extraño canto llegó hasta mis oídos desde la lejanía y me di cuenta de que la desconocida melodía se acercaba a medida que una enorme ballena se aproximaba. Quedé paralizado de miedo porque creía que aquel monstruo me devoraría. Pero estaba equivocado. La ballena se alejó, y con ella su extraño canto. Salí a la superficie y vi a lo lejos que un grupo de estos animales se iba, disparando sus chorros de vapor hacia el cielo. Nadé hasta la orilla y pude salvarme. Después supe que se trataba de ballenas grises. Se despedían de nuestras costas para iniciar su largo viaje hacia los mares cálidos, porque aquí ya empezaban los fríos. Luego, muchas veces, durante la visita de las ballenas a nuestro mar, sumergido en las aguas, he podido sentir el mismo canto. Alguna vez alguien ha pensado que son puras imaginaciones mías; pero, Yak, aquello es tan cierto como que tú me ves en estos momentos.

—¿Quién enseñó a cantar a las ballenas?

—El Gran Espíritu de las Aguas.

—¿Y por qué cantan?

—¡Para el amor y la vida!

—¿Quéee?

El abuelo sonríe.

—Cuando están enamoradas y cuando deben orientarse en sus grandes viajes buscando el sol. Las ballenas tienen la sangre caliente, Yak, por eso se cubren con una gruesa capa de grasa y vienen desde muy lejos hasta aquí para alimentarse con los bancos de gambas que hay en estos lados del mundo. Poco antes de que se hiele el mar, huyen persiguiendo el sol. Respiran como nosotros, por eso expulsan el aire hasta arriba.

—¿Abuelo? —el muchacho abre los ojos muy grandes.

—Dime.

—¿Oyes?

Contienen la respiración. El frío les azota el rostro, pero el sonido que oyen no es el habitual del viento, sino una especie de lamento que se pierde en la inmensidad del mar cubierto de nieve.

—Sí —murmura el anciano—, parece un lamento.

—Como si alguien resoplara.

Hacen un nuevo silencio. Pueden hasta sentir el latido de sus corazones. Sobre esa angustiante quietud de la tundra hay un barboteo, como el de un náufrago.

—Quizá es un oso blanco malherido.

—Puede atacarnos, ¿verdad?

—Sí, pero debe de estar muy lejos —esfuerza la mirada y su rostro se llena de arrugas como la corteza de un árbol centenario—. La bruma me impide ver en el horizonte. Además, he visto tanto que ya tengo los ojos cansados.

—No, abuelo; yo tampoco veo nada.

Acechan el espacio abierto, que parece dilatarse hacia todas partes, y nada. Se concentran especialmente allí donde se interna el mar, pero no descubren la más mínima señal. Y están mucho tiempo mirando y oyendo.

—Abuelo, ¿el Gran Espíritu de las Aguas ataca a los hombres?

—Sí, y algunas veces los mata.

El muchacho se sobrecoge. Es un joven que se hace cada día más fuerte. Ha cazado ballenas, renos salvajes con cuernos como ramas afiladas y hasta algún oso blanco, pero ante el posible ataque de un espíritu se atemoriza.

—Mira, el viento empieza a disipar la niebla.

Pasan los minutos y tampoco pican los peces.

—¡Abuelo, fíjate!

Y muestra un punto en la lejanía, allí donde se juntan la palidez de la niebla y la blancura de la nieve. Hay tres pequeños animales que se mueven, asoman la cabeza y se sumergen.

—¿Delfines?

—¡No! No los podríamos ver desde tan lejos.

—¿Ballenas, abuelo?

—¡Tampoco! ¡Ya todas se marcharon con los primeros hielos!

El anciano quiere encontrar la solución en el viento. Otea el aire, lo aspira ruidosamente, aguza el oído para descifrar esa especie de silbido y al final da su veredicto:

—¡No lo sé!

Yak se queda tieso. Está a punto de hablar, pero el abuelo le detiene.

—Hay una solución —dice, y comienza a desnudarse.

—Abuelo, no te irás a tirar al agua, ¿verdad?

—Así es.

—Pero está helada y puedes morirte.

—¡Qué va! Me desnudaré sólo de medio

cuerpo y meteré la cabeza en el agua. Tú me sujetas de los pies para que no me caiga. Así podremos saber si se trata de ballenas o de qué, no te olvides que yo entiendo su canto.

Yak traga saliva. En el fondo, sin perderle el respeto, cree a medias las cosas fantásticas que cuenta el abuelo. Estarse allí con medio cuerpo debajo del agua helada es una aventura que puede matar a cualquiera.

—Abuelo, tú no irás a hacer eso, ¿verdad?

Pero el abuelo lo hace.

Está un buen rato con la cabeza metida en el agua mientras el pobre Yak, entre asustado y sin creérselo del todo, lo sostiene por ambas piernas. Por fin, emerge la cabeza gritando:

—¡Las he oído! ¡Las he oído! ¡Sácame, muchacho!

Yak seca rápidamente al anciano con la parte peluda de su chaquetón de piel y le ayuda a vestirse, mientras el anciano insiste:

—¡Son ballenas, ballenas! ¡Y no cantan, sino que están gritando desesperadas! Posiblemente han quedado prisioneras y no pueden marcharse con las demás.

El joven esquimal cierra los ojos. Aquello es increíble.

—¡Yak, vuelve en el trineo y busca a tu padre! ¡Yo avanzaré hasta el lugar de las ballenas!

—Pero, abuelo, estamos lejos de casa, y también de esas que tú dices que son ballenas; además, mi padre se ha ido de cacería.

—¡Haz lo que te digo! ¡Encuéntralo y volved con el trineo grande y todo lo necesario para la caza! Ya verás como nuestros perros vuelan sobre la nieve.

El muchacho no replica. Empuja con todas sus fuerzas el pequeño trineo y pronto se desliza a gran velocidad en busca de su padre.

La suerte ayuda a la empresa. El camino le parece corto, y cuando llega a su casa encuentra a sus padres degollando un reno que Roy ha cazado por allí cerca.

Yak relata rápidamente todo el suceso.

—¿No será alguna otra historia de mi padre? —se inquieta Roy.

—También yo los he visto —dice Yak—, pero no sé si son ballenas.

—¡Deprisa Roy, el abuelo te necesita! —dice la esposa.

Y mientras el padre busca sus arpones y sogas, Yak y su madre enganchan los seis perros disponibles al trineo.

La travesía dura algo más de una hora. La vitalidad del muchacho y la historia del abuelo metido en el agua helada, que Yak cuenta entre gritos y sonrisas, entusiasman al cazador de ba-

llenas. Pronto descubren que el buen viejo no se ha equivocado.

El abuelo, junto a ellas y sentado en cuclillas, las mira con una especie de pena y devoción.

—¡No nos valen, Roy! —dice al ver a su hijo—. ¡Son ballenas grises y tienen el cuerpo lleno de parásitos!

Roy las analiza con cuidado mientras los gigantescos animales emergen, de tanto en tanto, a la superficie dando resoplidos y arrojando por el morro una estela de vapor, algo así como un aliento tibio que el frío del Ártico hiela en el acto.

—Efectivamente, abuelo..., no están buenas para congelarlas, ni comerlas.

—¿Y la grasa y la piel? —duda Yak.

—La grasa es mala y la piel tiene incrustadas rémoras. ¡No nos valen!

—¡Pobres! No aguantarán un par de días más. ¡Mira cómo se han dañado la cara tratando de romper el hielo para salir a la superficie y respirar!

—¡Mira, mira! La más pequeña es la que tiene las heridas más grandes.

—¿Existe alguna forma de salvarlas?

—No. El agua está congelada y estos animales pesan muchísimo... Morirán sin remedio.

—Abuelo, ¿has visto algo parecido alguna vez?

—Hace mucho tiempo... y no se salvaron.

—¿Y por qué no avisamos a nuestro amigo Ted Lindsay? —insiste Yak.

—Porque, igual que nosotros..., no podrá hacer nada —dice el abuelo.

2 *La vuelta al mundo en ochenta segundos*

Un vociferante despertador musical quiebra el sueño de Bob Smith. Es un hombre simpático, joven y atlético. Pulsa un interruptor que enciende todas las luces de su pequeña vivienda y, literalmente, brinca de la cama. Da varios saltos al pie de su lecho, hace flexiones, pega trompadas al aire y unos segundos después está cantando bajo la ducha.

Se frota vivamente y enciende la cocina para prepararse un «desayuno sostenido», como llaman los norteamericanos al zumo de fruta, jamón con huevos revueltos, cereales vitaminados con leche, tostadas y café negro.

Media hora más tarde estará instalado en su despacho, filial de la Enterprise International, una de las cadenas más importantes de televisión de los Estados Unidos. Bob es jefe de los servicios informativos de la estación retransmisora de Punta Barrow (Alaska), situada en la parte más septentrional del planeta, prácticamente en el Polo Norte.

Se enfunda una cazadora y los pantalones térmicos, que le dan un leve aire de oso polar, porque fuera, a la intemperie, hay 20 grados bajo cero. Con sólo cruzar un par de calles, llegará a la estación.

Se dispone a salir y suena el teléfono.

—¿Bob? ¡Hola! Soy Ted Lindsay. ¡Tengo una auténtica primicia para ti!

—¿Qué hay, Ted? Hombre, ¿de qué se trata?

—Ven a los estudios y lo verás tú mismo.

—Oye, por poco sales en antena y me dices que encienda el televisor para ver tu primicia. Ted, ahora en serio, dime qué sucede.

—¡Hablo en serio, Bob! ¡Cruza la calle y tendrás la respuesta! —y cuelga el teléfono.

—¡Vaya broma! —se impacienta Bob, y sale apresuradamente.

Ted Lindsay es ecologista de profesión. Se ha especializado en varias universidades del mundo sobre la conservación del medio ambiente y la fauna del Polo Norte. Desde hace años vive en Alaska dedicado al estudio y la conservación del ecosistema, y de vez en cuando, del ecosistema y del transporte desesperado de hombres que en alguna emergencia recurren a los servicios de su helicóptero, un viejo aparato que él mismo arregla y mantiene.

Bob atraviesa visiblemente contrariado la calle. No hay cosa más molesta para un periodista que alguna información escape entre sus dedos, incluso como ahora, cuando en unos minutos podrá tener la respuesta. ¿Pero qué bicho puede haberle picado a un hombre tan serio como Ted Lindsay para montar tanto aparato?

En la puerta de la estación le aguarda su amigo. Esto despierta todavía más su curiosidad.

—Hombre, Ted. ¿No será un nuevo agujero?

—De alguna forma, sí. Es un agujero.

—Vaya, vaya. ¿De qué se trata?

—Compruébalo tú mismo.

Se estrechan las manos efusivamente. Comparten la aventura de vivir en el gran páramo helado desde hace algunos años. Juntos, han colaborado para solucionar casos desesperados, como cuando un petrolero que rompió el casco produjo la primera marea negra, o cuando aviones pequeños se quedan atrapados en la nieve, o cuando se trata de localizar a personas perdidas, generalmente expedicionarios científicos. Alguna vez han identificado también los globos sonda que se extravían con valiosa información meteorológica. Ahora lo que más les preocupa es el agujero que se ha abierto en el Polo Norte y por donde se escapa al vacío el ozono de nuestro planeta, poniendo en gravísimo peligro a la humanidad. Caminan hasta la sala de grabaciones. Allí les aguarda un vídeo listo para funcionar.

—¡Adelante! —dice Bob.

En la pantalla, con una toma desde el aire, en medio de una interminable llanura cubierta de nieve, aparece un agujero abierto sobre el mar, del que asoman de tanto en tanto las cabezas de unas ballenas. Mientras, a los costados, unos esquimales golpean los bordes del hielo, como si trataran de agrandar el respiradero artificial.

—¡Están atrapadas y luchan desesperadamente por sobrevivir!

—¿Ballenas grises?

—Sí. Dos adultas de unos cinco años y otra menor.

—¿Es posible a estas alturas del año?

—Las estás viendo, ¿no?

—¿Cuándo realizaste las tomas?

—Ayer, naturalmente.

—¿Y a qué distancia están?

—¡Imagínate! ¡A menos de diez minutos en helicóptero!

—¿Las encontraste tú mismo?

—No. ¡Qué va! Unos esquimales las descubrieron, ellos me informaron. Yo avisé al ejército y, después de consultarlo en Prudhoe Bay, me ofrecieron ayuda.

—¿Al ejército? ¿Y se puede saber qué pintan ellos en esto?

—Mira, Bob. Antes de hablar con el ejército, me monté en el helicóptero y recorrí las inmediaciones del agujero de las ballenas. En muchos kilómetros a la redonda el hielo ha bloqueado ya la lógica salida al mar. Sin una ayuda de gran envergadura..., adiós ballenas.

—Amigo, me parece muy tierno ver a unos esquimales tratando de salvar a esos gigantescos monstruos prácticamente con las manos. Supongo que puedo usar estas imágenes para mi emisión de la Enterprise.

Lindsay da un golpecito con el puño cerrado en el hombro de Bob y sonríe:

—¡Es lo que más deseo, amigo!

Bob mira el reloj.

—Debo emitir en menos de media hora. Oye... ¿Y qué ganáis los ecologistas con todo esto?

—Nada. Simplemente, salvar a tres ballenas atrapadas.

—¿Salvarlas? ¿Estáis locos? ¿Y para qué, si cada año mueren centenares de ballenas grises?

—Sí, Bob; pero nuestro país, por ahora, respeta la tregua y no las mata. Son otros los que tienen industrias balleneras. Si nosotros las salvamos, daremos al mundo una lección de amor a la naturaleza.

—Ya, ya, pero eso es muy discutible y un poco patriotero. Se trata de una idea tuya y andas buscando apoyo oficial para esta aventura, ¿verdad?

Ted se pone muy serio.

—Ayer hablé por radio con varias asociaciones de protección a los animales y, dadas las características del problema, que yo mismo he constatado, la única solución es interesar al ejército. Pedí ayuda a Prudhoe Bay y ellos me prometieron hablar directamente con Washington, y hasta allí hemos llegado... Claro, son conscientes de que esta operación puede durar varios días y el costo sería muy elevado; pero ya está bien de tantos gastos que a veces resultan inútiles. Si diariamente estamos destruyendo el mundo con pulverizadores que quitan el ozono, vertidos venenosos que contaminan mares y ríos, incendios que devastan bosques o talas incontroladas como la del Amazonas, que está destruyendo el mayor respiradero de la

Tierra, ¿cómo es posible que no luchemos por salvar a unas ballenas? Y no por el valor intrínseco que ellas tengan, sino por cuanto simboliza el acto de salvarlas...

—Bueno, Ted, ya está bien. Me estás haciendo un discurso... Ya está bien.

—¿Discurso? Hombre, es la pura verdad. Además, ya estamos hasta las narices con la campaña de Bush y Dukakis, así que démonos un respiro y salvemos a esos pobres animales. ¿Acaso no somos una nación que puede darse la satisfacción de salvar a unas ballenas bloqueadas por un desierto de hielo? —Ted hace una pausa. Su rostro se ha puesto encarnado por la vehemencia—. ¡Ahora entras tú y electrizas a la opinión pública con tu información desde Alaska! ¡Debemos ayudarlas, Bob! Chico, ¿no te parece una poesía?

—¡Ted, me parece que están manipulando tu incurable ecologismo! Aunque si es como tú lo planteas, no dejaría de ser una noticia de mucha repercusión, tierna, sentimental, de esas que encantan al público.

—Hay una cosa, Bob. Todo depende de la reacción que pueda suscitar en el espíritu de la gente esta noticia. Por eso..., en la primera emisión conviene mencionar al ejército. Debe haber una respuesta del público que apoye las gestiones de los que cuidan la vida de los animales.

—¡De acuerdo!

Bob llama a su secretario. Le pide una conferencia con la oficina central de la cadena en Nueva York.

—¡Dile a Collins de mi parte que se trata de algo muy grande y que nos den un espacio preferencial en la emisión matinal! —dice mientras, puesto al ordenador, teclea con su clásico vigor una nota dramática, directamente a los teletipos.

UNOS MINUTOS DESPUÉS, llega la hora punta de la mañana. Es el preciso momento en que millones de niños norteamericanos, frente al televisor encendido, toman el desayuno para ir al colegio. Muchos canales, en serie, retransmiten la primera emisión del telediario.

Sin mediar palabras, la pantalla emite una escena en primer plano de las ballenas grises que surgen del agua y tratan de respirar trabajosamente, mientras se oye una especie de sordo gruñido de los chorros de vapor que parecen helarse por el frío polar.

El insólito espectáculo paraliza a todos, a niños y a mayores. Luego aparece en un rótulo escrito letra a letra, rápidamente, con el inquietante traqueteo de la impresión mecánica: *¡Morirán si no las salvamos!*

La noticia electriza a la gente y hay un «¡oh!» de exclamación que recorre, de costa a costa, el país más informado del mundo.

La cámara se aproxima a un grupo de esquimales que trata, infructuosamente, de agrandar la piscina artificial donde mantienen vivas a las ballenas. Se enfoca a los cetáceos y éstos surgen, como si respetaran su turno una y otra vez, oteando afanosamente en la superficie para seguir viviendo.

—Tres ballenas grises se encuentran atrapadas en el mar congelado de Alaska. Es una lucha desesperada contra la muerte. Varios esquimales que viven en la zona han prestado desinteresadamente su ayuda para agrandar con sierras mecánicas el agujero que permite a estos gigantescos mamíferos, los mas grandes de la creación, salir fuera del agua y respirar nuestro oxígeno —dice la voz bien timbrada y patética del locutor—. El frío es cada vez más intenso, y pronto los esfuerzos de los esquimales nada podrán contra la inclemente naturaleza.

Aparece en primer plano la figura de Bob Smith y, en un fondo proyectado, la imagen de las ballenas.

—La buena intención no basta, y si no intervienen organismos especializados, como las empresas que tienen pozos de petróleo a unos kilómetros de aquí, o, quién sabe, el mismo ejército de los Estados Unidos, no se podrá llevar hasta el mar abierto a estas gigantescas pero inofensivas ballenas que permanecen retenidas en Alaska, mientras sus hermanas salieron desde esta zona hace varios días para pasar el invierno en las costas de Baja California y México.

Nuevos primeros planos de los cetáceos, de los esquimales, y la voz del locutor:

—¡Hagamos algo por salvar a estos infelices animales! En el telediario de la noche les daremos mayor información. Desde Punta Barrow, el lugar más frío del planeta, les ha informado Bob Smith.

Hay niños pequeños que están a punto de llorar. Otros planean telefonear. Muchos se enteran de que las ballenas respiran como nosotros y que pueden morir de frío. Todos tienen algo que decir. Esos feos y gigantescos cetáceos se han transformado por la magia de la tele-

visión en unos simpáticos animalitos que agonizan en el Polo Norte.

TED LINDSAY VIVE, acompañado de un perro y un gato, en un pequeño apartamento de una sola planta, cercano al campo de aterrizaje de Barrow. Allí tiene instalado un potente equipo de radio de onda corta con la frecuencia abierta casi permanentemente, lo que le permite una fácil comunicación con cualquier parte del mundo.

Esta vez Lindsay no se ha equivocado. Le llaman desde los más insospechados lugares pidiéndole información y mostrando su solidaridad con la cruzada de salvar a las tres ballenas atrapadas. Tanto es el entusiasmo, que comienza a dudar un poco si todo esto no irá a convertirse en una especie de carnaval sobre el hielo, bajo la carpa desconocida, generosa, pero también olvidada, de Alaska.

A Bob Smith le falta personal para atender por radio, teléfono y teletipo las angustiosas llamadas en busca de información de última hora de agencias de noticias, cadenas de radio, televisión y ecologistas de todas partes. La noticia se difunde por mares y continentes, creando en el acto una extraña solidaridad que emociona y sorprende. ¡Hasta un país en guerra —tal vez como una alucinada catarsis a su cotidiana destrucción— llama manifestando su adhesión a la empresa!

Bob no desprecia el menor argumento para llevarlo a las pantallas, y le anuncian que pronto los enviados especiales comenzarán a llegar en cantidad. Ha bastado muy poco tiempo, tan sólo ochenta segundos de emisión, para que la noticia diera la vuelta al mundo, y los resultados ya se dejan sentir.

Bob llama a Lindsay. Comentan animadamente el éxito de la empresa y trazan estrategias comunes.

—Hay un detalle que me preocupa. ¿Sabes cuál es?

—No —se encoge de hombros Lindsay.

—¡El ejército tarda demasiado en contestar!

—Tranquilo, Bob. Debe de estar tomando impulso.

3 *Alerta blanca*

Las palabras mágicas de Bob Smith: «En el telediario de la noche les daremos mayor información», han servido para que cientos de miles de niños vayan con esa idea en la cabeza a sus colegios. La noticia, boca a boca, corre por todas partes, también en otros idiomas.

No sólo los chicos hablan de las ballenas. Ese niño escondido que todos los adultos llevan dentro es el mejor agente para difundir la novedad.

Y por fin llega la hora del esperado telediario:

—Desde Punta Barrow, en Alaska, cerca del Polo Norte, les habla Bob Smith. Tres ballenas grises, dos adultas y un bebé, continúan atrapadas en los hielos del Ártico, a tan sólo catorce millas de nuestra estación retransmisora de televisión, la única en cientos de kilómetros a la redonda. Todo empezó cuando un esquimal llamado Roy avisó a un ecologista, y éste al ejército, de que, con su padre y su hijo, habían descubierto unos cetáceos varados en medio del mar congelado, en un agujero, sin la menor posibilidad de fuga.

La pantalla muestra a las ballenas que salen, de tanto en tanto, a la superficie para respirar. Resoplan ruidosamente y después de unos segundos expulsan por los lomos dos chorros de vaho tibio, que disuelve el frío y hace más patética la sensación de agonía. Se agitan temerosas, y con sus ojos, diminutos para sus caras tan grandes, contemplan el mundo con desesperación.

—Estos gigantescos mamíferos pesan alrededor de cuarenta toneladas y, a pesar de sus grandes esfuerzos, es posible que dentro de unos cuantos días, o quién sabe si dentro de algunas horas, mueran irremediablemente, congelados por este frío de veinticinco grados bajo cero —dice el periodista, hace una leve pausa y continúa—: Se nos hiela el aliento al contemplar que estos grandes monstruos, con toda seguridad los animales más grandes del mundo, que al nacer pesan ya más de una tonelada, parecen ahora los seres más desprotegidos del mar y permanecen a la deriva abandonados a su suerte, a no ser por la amistad y

el cariño de los esquimales. Ellos, voluntaria-
mente, cortan con pequeñas motosierras el hielo, que se hace cada vez más fuerte.

La cámara enfoca a varios hombres menu-
dos, achinados y muy morenos. Vestidos con
grandes chaquetones de piel y pantalones muy
abultados, parecen osos de peluche. El resopli-
do de los cetáceos se quiebra por el zumbido
de las sierras y el ruido que producen en contacto con el hielo.

De pronto, se presenta el simpático rostro
surcado de arrugas y sonriente de un anciano.
Ted Smith, con un micrófono en la mano, se
le acerca:

—Tú eres el padre de Roy y el abuelo de
Yak, ¿verdad?

El hombre asiente con la cabeza y muestra
su sonrisa.

—Tú fuiste el primero en llegar hasta las
ballenas mientras tu nieto iba en desesperada
búsqueda de ayuda. ¿Cómo las descubriste?

—Me guió el Gran Espíritu de las Aguas.

—Te dijo: ¡Anda por allí, que te están aguar-
dando tres ballenas!

—¡No! Metí la cabeza en el agua y oí sus
gritos desesperados. Yo sé su lenguaje y fue fácil dar con ellas. Sentí que me llamaban, que
me decían que debía correr a ayudarlas a salir

37

y que no querían morirse congeladas en el mar mientras sus hermanas marchaban en búsqueda del sol y empezaban a veranear en los mares calientes.

Bob sonríe levemente y pregunta con cierta ironía:

—¿Te han dicho alguna cosa más?

—¡Oh, sí! Dicen que están muy tristes, que tal vez no puedan llegar a tiempo al agua cálida donde vivir en paz y que no saben cómo se distrajeron para que el gran hielo les cerrara las puertas del mar.

—¿Cuándo te han dicho todo eso?

—Anoche, cuando nos quedamos junto a ellas cuidándolas para que no las ataquen los osos blancos, que deben de andar por aquí cerca, rondando por el olor a carne fresca que despiden las pobres ballenas.

Bob mira fijamente a la cámara:

—¡Ahí lo tienen! Este buen abuelo se metió debajo del agua para captar el lenguaje de las ballenas. Conversa de noche con ellas y está empeñado, como todos, en salvar la vida de estos simpáticos animales que ya han entrado en todos los hogares del mundo, y lo sabemos porque centenares de telegramas, télex y llamadas telefónicas nos piden información desde todas partes. Los primeros corresponsales de periódicos y revistas ya han comenzado a llegar a Barrow.

Los espectadores se aproximan a la ballena bebé por medio de un primer plano. De esta manera, se muestran con todo naturalismo las heridas que el animal tiene encima del morro.

—En su desesperada acción por romper el hielo y mantener el agujero que les permita respirar, todas las ballenas se han producido heridas. Sin embargo, la más pequeña, como aprecian en sus pantallas, es la más afectada.

Se enfoca a un hombre simpático, algo mayor pero vigoroso. Bob lo toma de un brazo:

—Les presento a Ted Lindsay —dice el periodista—. Fue héroe durante la guerra del Pacífico y ahora cuida de la fauna y del ecosistema de Alaska. Captó las primeras imágenes, que ya dieron la vuelta al mundo por televisión.

El locutor se dirige a Ted.

—¿Crees que podremos salvar a las ballenas?

—Sí. Absolutamente. Confío en la ciencia y en la tecnología para sacar adelante a estos infortunados ejemplares de la fauna marina.

—¿Crees que vendrá alguien a rescatarlas?

—Las instituciones privadas no tienen la capacidad suficiente, pero quedan el ejército y sus altos recursos para hacer posible tal milagro.

—¿Hay peligro de extinción de las ballenas grises?

—No por ahora. Se trata de una especie protegida y sus miembros deberían ser cuidados.

—¿Algún mensaje especial?

—Simplemente, tratemos de salvar a las ballenas. Cualquier trinchera es válida.

La cadena de televisión pasa, una vez más, las primeras escenas tomadas desde el helicóptero de Ted Lindsay, ya emitidas por la mañana, con las que el mundo ha despertado su admiración por este caso singular.

—¡Finalmente, tenemos otra primicia! —retorna la imagen de Bob, que desdobla una pequeña chuleta y dice—: La compañía norteamericana Petroleum Star Corporation, que realiza trabajos exploratorios a pocos kilómetros de aquí, se une a nuestra cruzada y nos comunica que enviará cinco toneladas de gambas y otros mariscos para la alimentación de la familia de ballenas, y también proporcionará unas motosierras especiales que harán todo lo posible por mantener abierta la piscina artificial para que los animales puedan respirar mientras llega la ayuda oficial.

CAE LA NOCHE sobre el silencio helado del océano Ártico. Camarógrafos y periodistas se retiran en trineos mecánicos que los esquimales de Barrow les han alquilado por 200 dólares.

Junto a las ballenas se han instalado un campamento y un generador portátil de electricidad, que mantiene dos pequeños reflectores sobre las ballenas y que da algún calor a las dos tiendas de campaña.

Dos turnos de hombres se relevan durante la noche para proteger a las ballenas del posible ataque de los feroces osos blancos que, al parecer, merodean por la zona.

Entre los esquimales voluntarios que han tomado como un reto la experiencia están, en primera fila, Yak y su abuelo. Ambos han cumplido su guardia y descansan en una tienda.

—¿Duermes, abuelo?

—No. Hablo conmigo mismo.

El muchacho se queda pensativo, tumbado sobre una colchoneta cómoda y abrigada que le permite un confortable descanso.

—Abuelo, ¿cómo es la voz del Gran Espíritu de las Aguas?

—Como otra cualquiera, pero se oye directamente con el corazón.

—¿Es fácil entenderla?

—Depende. Unos la oyen pronto, algunos la

oyen y no la entienden y otros nunca podrán oírla.

—¿Crees que yo podré algún día?

—Sí, pero únicamente cuando tengas verdadera fe.

Fuera, el viento del Polo Norte aúlla en la noche.

4 Las fuerzas de tierra, mar y aire

EL ecologista recibe un telegrama urgente despachado desde Washington:

Ted Lindsay. Stop. Punta Barrow, Alaska. Stop. A petición pueblo americano, Fuerzas Especiales de los Estados Unidos asumen compromiso de salvar ballenas cautivas océano Glacial Ártico. Stop. Confiamos éxito total de operación. Stop. No escatimaremos esfuerzos para conseguirlo. Stop. Comprendemos dimensión de la empresa y por lo mismo participarán en acción conjunta Fuerza Aérea, Marina y Servicios Especiales del Ejército. Stop. Comandante Raymond Cooper jefe Alaska Army National Guard asume el comando de Operación Rescate. Stop. Establecemos contacto telefónico y radial abierto frecuencia NCH, 78.2 de manera permanente. Stop. Buena suerte. Stop.

General Philip B. Houdson
U.S. Army - Washington D.C.

Ted Lindsay termina de leer, arroja el papel hacia arriba y lanza su grito de vaquero texano, reservado para momentos de triunfo:

—¡Yuuuppiii, lo conseguimos! —dice—. Será un rescate histórico.

Llama en el acto a Bob Smith y le cuenta, entre gritos de felicidad, la noticia. La campaña ha triunfado y ahora queda el trabajo menudo.

—Te felicito —dice el periodista sin alterarse—, pero tenemos otro grave problema.

A Lindsay se le enfría la euforia.

—Dime, ¿qué pasa?

—¡Las ballenas tienen hambre!

—¿Y quién te ha dicho eso?

—El abuelo de Yak.

El ecologista se queda pensativo y no responde.

—¿Hola? ¿Me oyes, Ted?

—Sí, Bob... ¿Sabes? —hace un nuevo y angustiante silencio, y finalmente dice—: ¡Ese viejo tiene toda la razón!

—¿Es posible? Apenas hace treinta horas que les dimos cinco toneladas de gambas y mariscos.

—Ya lo sé. Para tu conocimiento, estos animalitos consumen, cada uno, dos toneladas diarias de mariscos, y como no pueden pescar nada en su lucha por sobrevivir... Además, con el hambre atrasada que tendrían, es lógico que lo devoraran todo.

—¿Y qué piensas hacer?

—No lo sé. Tal vez llamar a Raymond Cooper, asignado por Washington para dirigir esto.

—Pues chico, no te quedes ahí. Llama a Cooper. Que las ballenas se mueran de frío pasa, pero de hambre, teniendo a Estados Unidos de protector, sería el colmo. Adiós y suerte, que ya tengo dos magníficos argumentos para mi próximo telediario.

Raymond Cooper no está en su despacho. Sus oficiales informan a Ted Lindsay de que no puede ponerse en ese momento porque realiza una inspección rutinaria de su personal.

—Tan pronto como sea posible, el comandante le llamará —le dicen a Ted.

PASA UNA HORA y por fin suena el teléfono.

—¿Ted Lindsay? —pregunta una voz femenina.

—Diga.

—¿Es usted el ecologista que coordina en Punta Barrow el salvamento de las ballenas?

—Sí. Bueno, yo veo la cuestión biológica. La

parte operativa está a cargo del comandante Raymond Cooper.

—Bien, eso también lo sé. Soy Juliet Adams, de *Sun Review* de Nueva York. ¿Es cierto que las ballenas atrapadas están a punto de morirse porque el ejército de los Estados Unidos les niega más gambas para su alimentación?

—¡Qué dice...! Lo que pasa es que cada ballena necesita...

—Ya lo sé —le interrumpe Juliet—. Entre todas, cinco toneladas diarias, y si el rescate se prolonga unos diez días aproximadamente, como ha informado el telediario, ¿de dónde sacamos en el Polo Norte medio centenar de toneladas para alimentar a estas... mascotas?

—No se preocupe: el ejército lo preverá.

—Claro, y también la marina y la aviación, pero sobre todo el dinero de los contribuyentes, dispuestos a gastar miles de dólares movilizando a medio mundo para salvar a tres ballenas.

—¿Está usted en contra?

—No. Ni a favor. Mi trabajo es informar.

—Ya lo veo. Pero no olvide que hay miles de llamadas y adhesiones de siete organizaciones ecologistas que apoyan nuestra campaña.

—Son trece, señor Lindsay. Ayer se pronunciaron cuatro más de Europa, dos de Japón y hasta una de África.

—Gracias por la información. ¿Alguna cosa más?

—¡Nada! Sólo algo muy personal... Tengo un hijo de siete años que ya anda chiflado por las ballenas..., y lo tengo aquí llorando junto al teléfono porque el profesor le ha dicho en el colegio que las ballenas pueden morirse porque el ejército no las alimenta.

—Señora..., ya me lo ha dicho usted.

—¡Y se lo repito, porque alguien ha dicho algo parecido en el condenado telediario!

—Debe haber un error.

—Yo también lo creo, pero mientras tanto ya me dirá usted cómo callo las lágrimas de mi hijo... ¡Ojalá todo esto acabe muy pronto!

MINUTOS DESPUÉS, llama el comandante Raymond Cooper. Es un hombre entusiasta y cordial. Le confiesa a Ted que le interesa mucho la misión asignada por el Alto Mando, y añade que dentro de unos minutos volará personalmente hasta Barrow acompañado de una comisión de técnicos y especialistas. Quiere informarse sobre el terreno de los hechos, realizar una evaluación de las necesidades inmediatas y hacer el planteamiento definitivo de la estrategia del salvamento. Se despide con mucha amabilidad y pone énfasis cuando dice:

—Tenemos que realizar un trabajo sin precedentes, porque así lo quieren en Washington.

—¡UNA BUENA NOTICIA! —dice Yak a su abuelo.

El anciano se queda callado. Su rostro se ilumina con esa dulce expresión que tienen los viejos y los niños cuando se les anuncia un regalo.

—¡Nos pagarán quince dólares por hora mientras trabajemos en el rescate de las ballenas!

El abuelo frunce sus cejas abundantes, fileteadas por gruesas hebras blancas.

—¡El que pague tiene que ser un hombre muy rico y también algo tonto! ¿Quién es?

—No lo sé; supongo que será el gobierno.

—¡Vaya! Ganaremos una pequeña fortuna cada día... No me hace mucha gracia.

—¿Y por qué, abuelo?

—Ted Lindsay nos dijo que le ayudáramos. Nos da comida y abrigo, y eso me gusta porque

AHR

somos sus amigos y no le íbamos a cobrar nada, ¿verdad?

—Claro, pero si ahora encima nos van a pagar, mejor que mejor, ¿no te parece?

El abuelo mueve la cabeza.

—Cuando el Espíritu de las Aguas nos manda peces, nunca nos cobra nada, y entonces ¿por qué nosotros tenemos que cobrar algo si vamos a devolverle sus ballenas?...

5 La gran sospecha

EL capitán ruso Dimitri Glasnov, sentado en el puente de mando del *Almirante Marakov*, muerde su gran pipa mientras con cuidada caligrafía anota en el cuaderno de bitácora los acontecimientos de la jornada: «Hoy ha sido un día sin incidentes en la navegación —escribe—. A media tarde hemos recibido órdenes de retornar a la base y toda la marinería está muy contenta».

Después de seis meses en alta mar, hasta los más duros marineros añoran el aire cálido de la familia, un trozo de pan recién salido del horno y la taza de chocolate junto al fuego del hogar. A medida que pasan los días se acumula una especie de nostalgia, que va creciendo hasta que la Comandancia de Marina ordena: «¡Misión cumplida, podéis volver a casa!».

Pero al rompehielos *Almirante Marakov*, que navega por el mar de Siberia Oriental, todavía le faltan dos mil kilómetros para llegar a casa. Este gigantesco barco ruso tiene encargada la vigilancia de un extenso corredor cercano al Polo Norte, comprendido entre el mar de Bering y el célebre estrecho del mismo nombre, por donde dicen que el hombre antiguo saltó hasta América para poblarla; el mar de Siberia y los mares de Laptev y Kara.

Prácticamente ha sido un día en blanco. Dimitri Glasnov mira el cielo velado de neblina y el mar que ya empieza a congelarse, recuerda con nostalgia el hogar en Riga, ciudad que durante los últimos años está cambiando mucho con la llegada de miles de jóvenes que la invaden como una playa, incontenibles.

Una llamada de alarma en el puente de mando rompe, de pronto, el aire apacible. Dimitri Glasnov coge el teléfono y marca el número de la sala de comunicaciones.

—Soy Glasnov —dice—. ¿Qué sucede?

—¡Capitán, está llegando de la comandancia un mensaje cifrado y urgente!

—Ahora voy. Llame al contramaestre y al piloto —ordena, cuelga y sale deprisa.

El capitán Glasnov se topa en el pasillo con Igor, el piloto, que también camina deprisa hacia la sala de transmisiones.

Sasha, el contramaestre, ya le espera con una breve nota en la mano.

—Clave Moska-2 —le dice al entregársela.

—¡Así es! —confirma el capitán. Toma otro papel y descifra con gran rapidez el texto:

> *Urgente:* Almirante Marakov. *Orden de alerta total. Prepare tripulación para posible cambio de ruta.* Tovarich VI *ha detectado inusitado movimiento de aviones norteamericanos, helicópteros y barco de gran calado en la península de Alaska. Espere confirmación de Alto Mando para asumir su puesto de observación en aguas internacionales. Recibirán informaciones directamente por radio. Un saludo. Almirante Ponomariova.*

Sólo en casos de suma urgencia el capitán Glasnov, personalmente, pulsa el botón que acciona por todos los compartimentos una insistente sirena de alarma. La marinería sabe que se trata de una emergencia. Los que disfrutan de un momento de ocio abandonan todo y corren deprisa por los pasillos. En muy poco tiempo se ponen en alerta total, esperando alguna orden.

—¿Qué opinas, Sasha?

—Maniobras de reconocimiento.

—Tal vez, algún hallazgo o extravío... muy importante —afirma Igor, el piloto.

—También es posible que traten de recobrar la información del satélite norteamericano que se desintegró hace algunos días —dice Sasha—. ¡Debe ser algo gordo!

—¿Material radiactivo?

Glasnov se pone muy serio. Desde hace algún tiempo, en la región del Ártico suceden «cosas extrañas», provocadas, indistintamente, por rusos y norteamericanos, y que la mayoría de las veces no trascienden al exterior.

—¿Creéis que ya ha empezado la locura de mandar material radiactivo al espacio? —pregunta el capitán.

Sus dos ayudantes en el comando intercambian miradas recelosas. Igor comenta:

—¿Acaso no son los norteamericanos los que más hablan de la guerra de las galaxias?

Los tres oficiales aguardan junto a la radio, a la espera de cualquier información.

Son minutos tensos, cargados de una estremecedora inquietud, los que preceden a una misión desconocida, y es cuando los tres hombres que comandan la gigantesca nave comienzan a desgranar las posibilidades. ¿Una marea negra provocada por algún petrolero encallado? ¿Alguna exploración secreta en aguas internacionales donde aseguran que hay un importante banco de gas natural? ¿Un nuevo ensayo nuclear? ¿Algún accidente de mucha importancia que movilice a un gran equipo de rescate? ¿O nuevamente un submarino nuclear norteamericano se ha perdido en el casquete polar, como aquel célebre *Nautilus II* que desapareció para siempre con toda su tripulación a bordo? ¿Misiles de largo alcance? Pero ¿acaso el deshielo entre las dos superpotencias no ha comenzado después de la cita cumbre Reagan-Gorbachov?

—Realmente no lo sé —dice Glasnov.

—Sí —asiente Sasha—, cualquier cosa puede suceder.

—¡PLANETARIO A ESTRELLA POLAR, Planetario a Estrella Polar! ¡Cambio!

—¡Aquí Estrella Polar, cambio! —contesta el capitán Glasnov desde el *Almirante Marakov*.

—¡Operación retorno cancelada! Extraños movimientos de Lobo Blanco reclaman su presencia en el mar del Norte. ¿Entendido?

—Positivo, positivo.

—¡La orden es terminante: retornar de inmediato al mar de Bering! Se han detectado desplazamientos por aire y mar. ¿Entendido?

—Positivo.

—En cualquier momento les transmitiremos posiciones exactas y coordenadas. ¿Alguna pregunta?

—Sí. ¿Creen que podemos llegar a emergencia uno?

—Posiblemente negativo. Pero si esto se agudiza, les enviaremos refuerzos inmediatamente. ¿Algo más?

—Necesitamos detalles del material que se desplaza.

—Entendido, entendido. Estamos verificándolo y les daremos descripciones en breve. ¡Cambio y cierro!

El capitán Glasnov cierra el micrófono y deja encendido el piloto de la radio.

—Ya lo han oído —dice a sus asistentes—. Debemos olvidarnos por un tiempo de que tenemos pendiente un retorno a casa... ¡Allá vamos, Lobo Blanco!

Es una orden. Nadie la discute ni la comenta. La desilusión que les produce el aplazamiento del retorno a casa después de más de medio año de ausencia les cae muy mal; pero es una orden, no se discute ni comenta; las órdenes se han hecho para cumplirlas.

DE NUEVO LA RADIO, y el capitán Glasnov asume directamente el comando de las comunicaciones.

—¡Adelante, Planetario! —dice el marino—. Le recibo perfectamente.

—Bien, Estrella Polar, se trata de un desplazamiento en la zona americana de Prudhoe Bay hacia el norte, posiblemente hacia Barrow. Son dos aviones C-5 Galaxy, tres helicópteros HP-701, tres helicópteros BC-82 de Lobo Blanco y un gigantesco Hovercraft rompehielos de los que utiliza la compañía Petroleum Star Corporation para sus desplazamientos de Punta Barrow. El rompehielos tiene que ser de propiedad privada, puesto que Lobo Blanco no tiene estos cacharros en la zona, los suyos están a tres mil millas del punto cero del desplazamiento. Este comando sospecha que se trata de algún instrumento extraviado en el mar helado hacia la zona de Punta Barrow, o también puede tratarse de un desesperado salvamento de algún submarino que tenga dificultades. Marea negra: negativo. Desplazamiento de personal militar altamente cualificado: negativo. Desplazamiento de material artillado: por confirmar. Posibilidad de lanzamisiles tal vez camuflado: por confirmar. ¿Entendido?

—Correcto, correcto. Tenemos la emisión

grabada. ¿Se ha descartado posibilidad de material radiactivo?

—Negativo. ¿Tiene información detallada sobre material adversario?

—Sobre C-5 Galaxy, HP-705 y BC-82, positivo. Algo sobre el Hovercraft, pero desconocemos desplazamiento. Sabemos que tiene capacidad de un cincuenta por ciento inferior a la Estrella Polar y nada sobre su posibilidad bélica.

—Ampliaremos información sobre el hovercraft. ¿Algo más?

—Sí. Tenemos ciertos problemas de visibilidad. Meteorología anuncia empeoramiento por bancos de niebla en formación hacia el norte.

—Está hecha la previsión. *Tovarich VI*, vía satélite, les enviará información cada dos horas y ustedes aprovecharán la emisión para enviar KL-3 cifrada. ¿Entendido?

—Positivo ¡Cambio y cierro! —dice Glasnov.

—¡Buena suerte, Estrella Polar!

6 *Parece fácil, pero es imposible*

Una emisión radiada por la BBC de Londres y recogida por pura casualidad en el *Almirante Makarov* deja sin aliento al capitán Glasnov. Sasha, su contramaestre, ha grabado en inglés un boletín que resalta el fervor popular con que el pueblo norteamericano sigue paso a paso el rescate de tres ballenas cautivas en los hielos de Alaska, cerca de Punta Barrow, y a las que prestan su apoyo empresas privadas, grupos de ecologistas de todo el mundo, los esquimales inupiat y el ejército de los Estados Unidos.

Glasnov reúne a sus oficiales. Analizan detenidamente la emisión de Londres, intercambian opiniones y deciden informar al Alto Mando. Les agobia un poco la sensación de que han sido burlados, pero en el fondo se alegran. Si se trata de un incidente pasajero, podrán retornar a casa muy pronto.

Minutos después, Glasnov, vía satélite, entra

en contacto con sus superiores, les informa brevemente del curioso argumento de la emisora occidental y detalla las conclusiones a que ha llegado el comando del rompehielos.

La nueva respuesta le cae como un cubo de agua fría: ¡en Rusia también están perfectamente enterados del suceso!

De todas maneras, el capitán Glasnov insiste en conferenciar con el jefe del Alto Mando. Poco después, obtiene la respuesta:

—¡Capitán! —le dice la voz inconfundible del almirante Ponomariova—. También nosotros conocemos los detalles de la historia esa de las ballenas. Desde hace dos días la han comenzado a emitir a escala mundial. Sin embargo, tenemos nuestras lógicas reservas, y en ese margen de duda está la misión que se les ha encomendado a ustedes. ¡Continúe su avance hacia el objetivo y recibirá las instrucciones precisas! ¡Buenas tardes!

—¡A la orden! —dice el capitán Glasnov, y corta la comunicación.

—Capitán, hay algo más —comenta Igor, el piloto del rompehielos—. Dentro de poco estaremos navegando con neblina cerrada, y los bloques de hielo son cada vez más grandes.

—Nuestra misión es avanzar —contesta Glasnov.

Igor no responde. Taconea con vigor los zapatos en señal de acatamiento.

—LA ESTRATEGIA, SEÑORES, es muy simple —dice el comandante norteamericano Raymond Cooper, se atusa el bigote que le resbala por la comisura de los labios, sonríe a las cámaras de televisión y a los periodistas reunidos en una conferencia de prensa en Barrow y continúa—: Se trata de llegar con el Hovercraft hasta el pozo artificial de las ballenas. Luego, abrir un camino artificial de agua hasta el mar navegable y dejarlas allí para que puedan dirigirse a su destino final.

—¿Y cuántos kilómetros tendrá ese «camino de agua»? —pregunta Billy Murphy, del *Washington Post*.

—Algo más de doscientos kilómetros.

—Lo que significa varias jornadas de día y noche rompiendo el hielo.

—No hay alternativa. Ya venimos trabajando veinticuatro horas con este sistema. Se avanza lentamente, pero sin ningún obstáculo.

—Sandra Lomis, de la agencia Reuter, pregunta:

—¿Y las ballenas ya no volverán a sentir hambre?

—¡Qué va! —sonríe Raymond Cooper. Tenemos prevista su alimentación para dos semanas más, y será renovada inmediatamente si hubiera amenaza de prolongar la operación.

—¡Menos mal! —replica Sandra—. Ya nadie podrá echarnos en cara que las dejamos morir de hambre.

Los periodistas ríen. Cooper se pone muy serio.

—¿Puede detallarnos la cantidad de aviones y barcos que intervendrán?

—Un rompehielos Hovercraft; de momento, dos aviones Galaxy, que pese a su gran tamaño son perfectamente maniobrables en estas condiciones, y seis helicópteros —el comandante Cooper eleva el pecho—. ¡Si hay necesidad, participarán más!

—Bien, pero todo esto costará una fortuna, ¿verdad? —comenta Andrew Morrison, de la cadena NBC.

—Indudablemente.

—¿Tanto valen tres ballenas grises?

—¡Amigo, está en juego el buen corazón americano, y eso no tiene precio!

—Comprendo, pero también hay otros lugares que reclaman ayuda urgente, y varios millones de hombres pasan hambre, y hacen guerras sospechosamente provocadas, y aquí mismo, en Estados Unidos, hay millones de pobres que reclaman con mayor apremio el «buen corazón americano» —insiste Morrison.

—No estoy autorizado para realizar comentarios políticos —dice sin inmutarse Raymond Cooper—. ¡Se trata de salvar a las ballenas y aquí estamos!

El ambiente ha quedado electrizado.

—¿Alguna anécdota del día? —pregunta una periodista del *Lady Magazine Trust*.

—Sí. La actriz francesa Brigitte Bardot, que como ustedes saben es gran amiga y protectora de los animales, hace una llamada diaria para interesarse personalmente por el estado de las ballenas. Ha encargado que por ninguna razón se mate a los osos blancos que merodean, especialmente de noche, por allí.

—¿Y cómo se soluciona ese problema?

—Es simple. Se da de comer a los osos antes de que lleguen hasta las ballenas. Hay un servicio permanente de esquimales que lo hacen.

—Vaya. ¿Y qué pasaría si se ponen de acuerdo marsopas, morsas y todos los osos blancos de la región? —pregunta Morrison.

—No lo sé; probablemente habría que alimentar a todos —comenta Cooper.

A VISTA DE PÁJARO, el mar congelado es impresionante. Semeja una gigantesca llanura de armiño, desolada y silenciosa, que de tanto en tanto lanza un relumbrón como único signo de vida, a causa de los débiles rayos de un pálido sol que ilumina, pero ya no calienta.

Bob Smith, un camarógrafo de la Enterprise de TV y Ted Lindsay, que guía personalmente su helicóptero, se desplazan en el aparato hacia la zona donde el rompehielos de la Petroleum Corporation abre el «camino de agua» que llegará hasta las ballenas. Quieren ser los primeros en filmar escenas del gigantesco Hovercraft en acción, que por su gran calado, maniobrabilidad en el hielo y rápido desplazamiento se ha convertido en la gran esperanza americana para salvar a los animales cautivos.

—¡Preparen la cámara! —grita Ted Lindsay para ser oído a través del ruido que produce el motor del helicóptero—. ¡Estamos a punto de llegar!

—¡Todo listo! —le responde el cámara.

Bob Smith sonríe y muestra el puño cerrado con el dedo pulgar hacia arriba, en el típico ademán del triunfador. Luego se acerca al oído de Lindsay:

—Elévate lo más que puedas. Empezaremos las tomas con un plano general desde muy alto.

El ecologista acciona los mandos y el frágil aparato asciende mucho más.

Bajo el cielo de azul prusia intenso, con nubes dispersas pero despejado, en el gran páramo ártico aparece de pronto el Hovercraft, en una vista desde muy alto, impresionante por lo bella e insólita: avanza casi con majestuosidad, lentamente, escoltado por cuatro helicópteros unos pocos metros por delante y que también parecen detenidos.

—¡Ahora baja... despacio! —dice Bob a Lindsay, mientras indica al camarógrafo que no pierda detalle.

—¡Maldita sea! —grita Bob—. ¡Esto es muy raro!

—No te entiendo.

—¡Mira, el rompehielos está detenido!

Descubren asombrados que el Hovercraft no avanza. Y que de los cuatro helicópteros cuelgan unos cables de acero que pretenden remolcar al gigantesco rompehielos.

Y descubren algo más: el «camino de agua» que tras de sí deja el Hovercraft parece estar cerrándose.

—¡Deben llevar mucho tiempo tratando de salir de allí y no lo consiguen! —comenta Lindsay.

Luego, ya bastante cerca, divisan delante del

Hovercraft una pequeña elevación de hielo sobre la superficie.

—¿Qué es eso? —pregunta Bob Smith.

—Una pequeña cordillera —dice Lindsay—. Por esta zona hay varias.

Bob se frota la cabeza.

—¡Es terrible! —comenta—. ¡Si no salen de allí, nunca llegarán hasta las ballenas!

Ted traga saliva. Frunce la ceja molesto:

—Si no pueden con la ayuda de esos cuatro helicópteros que los remolcan... ¡No podrán nunca, porque la nieve se hace cada vez más dura!

—¡Desciende, Ted! ¡Sitúate detrás del Hovercraft! ¡Haremos unos primeros planos estupendos!

UNA HORA DESPUÉS, la cadena Enterprise de TV interrumpe su programación habitual para emitir la primicia de Bob Smith: el rompehielos Hovercraft está bloqueado y la gran esperanza de salvar las ballenas parece diluirse.

En poco tiempo, la mala noticia corre de costa a costa por toda Norteamérica y no se detiene hasta llegar a la Casa Blanca. Se anuncia

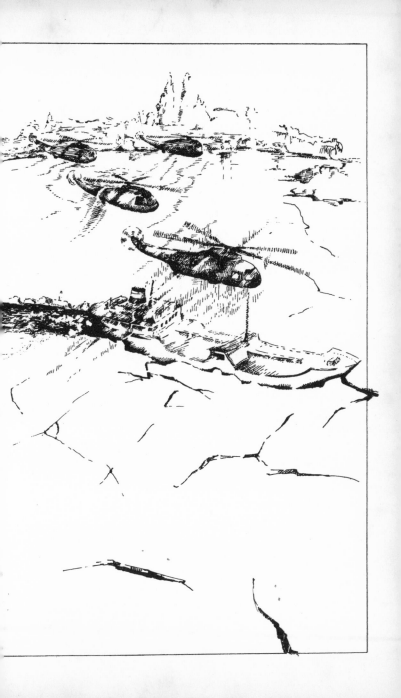

que para la noche habrá una declaración oficial del presidente de los Estados Unidos de América.

Se hacen muchas especulaciones y conjeturas. La gente se pregunta: «¿Cómo es posible que, con todo su poderío, la nación que no ha tenido problemas para poner un hombre en la Luna o mandar una sonda espacial a Marte, aquí en la Tierra no tenga la capacidad suficiente para llegar hasta tres desvalidas ballenas y salvarlas?».

Quienes más sufren, sin duda, son los niños pequeños, que, empujados por la insistencia y el gran despliegue publicitario de la televisión, ya han abierto sus hogares y sus corazones a las «pobres ballenas atrapadas en el Polo Norte, a pocos kilómetros de donde en este frío octubre Papá Noel ya prepara su cargamento de Navidad».

EL TELEDIARIO DE LA NOCHE transmite en directo la voz emocionada y temblorosa del primer mandatario de la nación. El actor de cine que llegó a presidente de los Estados Unidos se dirige a los esquimales inupiat que también luchan por mantener abierta la piscina artificial de las ballenas:

—Nuestros corazones y nuestras plegarias están con vosotros —dice con voz grave el presidente—. Tenemos mucha fe en que las ballenas puedan salvarse.

actor de presidente ; Ronald Rigan

7 Las desgracias no vienen solas

«Muere la ballena bebé», dice el titular so-
breimpreso en la pantalla encima de la imagen
de las ballenas de Alaska, con el que se abre el
telediario de la mañana.

—¡Es verdad que las desgracias no vienen
solas! —anuncia Bob Smith en la edición ma-
tutina de aquel lunes 20 de octubre, y en la
seriedad de su rostro, ya familiar en la televisión norteamericana, se advierte un desacos-
tumbrado dejo de amargura—. ¡Acaba de ocu-
rrir una verdadera tragedia!

Los millones de espectadores que se preparan para acudir a sus labores cotidianas o a sus
colegios contienen el aliento. Bob Smith parece
prepararles el ánimo para evitar el violento
choque de la noticia:

—¡Ayer les anunciábamos que el gigantesco
rompehielos Hovercraft de la compañía petro-
lera Star Corporation ha quedado bloqueado, y

ahora nos acaban de comunicar que la ballena bebé ha muerto!

Se muestra en primer plano a la ballena bebé con grandes heridas en la cara, producidas días atrás cuando pugnaba por romper el hielo para respirar. La imagen está acompañada de un fuerte ronquido, cada vez que el pequeño cetáceo arroja vaharadas de vapor por las fosas nasales.

—Ted Lindsay, el biólogo que encabeza el grupo de ecologistas que desde Punta Barrow trabaja incansablemente por devolver la libertad a los animales atrapados, declaró que la ballena bebé ha muerto posiblemente a causa de una pulmonía. Aquí lo tenemos en directo.

Aparece la imagen de Lindsay.

—¿Es posible que una ballena muera de pulmonía? —demanda el periodista.

—¡Absolutamente, sí! No olvidemos que no son peces, sino mamíferos de sangre caliente. Todo su cuerpo está cubierto por una piel muy fina, pero debajo de ella hay un manto protector de entre veinte y cuarenta centímetros de grasa. Sin embargo, cuando las temperaturas son muy bajas, las ballenas se resfrían, y si no penetran en agua tibia, contraen pulmonía y mueren. Por eso emigran apresuradamente hacia los calores de Baja California cuando empieza a arreciar el invierno. Además, en el caso de la ballena bebé se trataba de un ejemplar de corta edad, menos protegido y poco resistente, que, por desgracia, se había estado desangrando por las heridas que ella misma se produjo hace unos días.

—¿Y qué piensan hacer ahora con sus despojos?

—¡Nada, porque han desaparecido!

Una exhalación de estupor sacude a los espectadores.

—El ballenato se sumergió como de costumbre en el agua de la piscina artificial y, al no volver a la superficie después de varias horas, se le ha dado por muerto. Generalmente, las ballenas pueden permanecer media hora debajo del agua, y hasta una hora en casos extremos cuando se ven cercadas por algún grave peligro. Pasado ese tiempo, no cabe la menor duda de que ya han muerto.

—¿No existe la posibilidad de que en ese lapso haya conseguido nadar por debajo del agua hasta el mar abierto y se haya salvado?

—¡No! Debajo del agua, el hielo bloquea cualquier posibilidad de escapatoria, y el mar abierto está a más de ciento ochenta kilómetros. ¡Es imposible cualquier intento por esa vía!

Ante las cámaras, Bob Smith y Ted Lindsay continúan especulando sobre el tema por breve tiempo más, pero ya nadie los escucha. La nación entera está conmovida por la muerte de la pequeña ballena.

—SE LA LLEVÓ el Espíritu de las Aguas —dice el abuelo de Yak.

—¿Adónde? —pregunta el joven esquimal.

—A la gran mansión de la vida latente.

—¿Y crees que vuelva?

—Sí. Igual que todo y que todos... volverá, pero convertida en otra ballena, así como nosotros también volvemos convertidos en nosotros mismos, pero como niños.

Yak se queda muy serio. Ha empezado a oscurecer, él y su abuelo han concluido su guardia y están sentados al pie de una pequeña estufa que les calienta los pies dentro de la tienda, a pocos metros de la piscina artificial de las ballenas.

—Abuelo, yo no entiendo bien cómo es eso de que nosotros volvemos convertidos en nosotros mismos, pero transformados en niños...

—El mundo, Yak, la tierra —la mirada del

viejo se dirige a la rendija por la que se divisa el horizonte—, el cielo y el agua son eternos, no tienen fin, son los mismos, pero siempre son diferentes. De igual manera los hombres, como la lluvia, también nacen, crecen y un día se van... Pero al poco tiempo retornan.

—¿Yo, por ejemplo, ya he retornado, abuelo?

—Sí. Fuiste mi bisabuelo y ahora eres mi padre. Por eso te quiero mucho.

—¿Y cómo lo sé yo?

—Es muy simple: has notado que ni tus padres ni yo te hemos pegado nunca.

—¿Y qué es pegar?

—¡Castigar a golpes a los niños!

—¿Y se pega a los niños?

—¡Entre los esquimales no! Porque todos los niños son nuestros antecesores que vuelven y nadie los puede tocar, porque estarían tocando el espíritu de nuestros mayores.

Yak sonríe. Recuerda las barbaridades que algunas veces hacen los niños que viven junto a él. Pero sus padres jamás los recriminan ni los tocan porque podrían estar ofendiendo a los antepasados.

La oscuridad en el páramo helado es intensa, hay un silencio que aterroriza al más valiente, y en medio de esa realidad, el ronquido de las

dos ballenas grises que aún se aferran desesperadamente a la vida se puede apreciar con
mayor dimensión.

—Abuelo, ¿tú sabías que la ballena pequeña
iba a morir?

—Sí, lo supe anoche, y no porque oyera su
canto ni nada de eso, sino porque el ronquido
que emitía al salir a respirar era muy diferente,
se notaba con toda claridad que la vida se le
iba en cada silbido.

—¿Y por qué no se lo dijiste a Ted Lindsay?

—Se lo comenté, pero no me oyó. ¡Ayer es-
taban tan ilusionados con eso de que el presidente blanco nos enviaba un mensaje de salu-
do, que no atendieron mis palabras! ¡Ya ves,
ahora es demasiado tarde, como todo en la vida
cuando pasa!

—No entiendo.

—¡Hoy no entiendes nada, Yak!

—Es verdad.

—Todo pasa, Yak, todo tiene un plazo y uno
se da cuenta de que existía solamente cuando
ya se ha ido... Por eso, tal vez, los esquimales
siempre buscamos en un recién nacido la posibilidad de ver de nuevo a un ser querido que
ya ha muerto...

8 La danza de los helicópteros

Definitivamente, el uso del rompehielos Hovercraft fue descartado. Los helicópteros lo remolcaron hasta que pudo abandonar la minicordillera, encontró mar abierto apto para resistir su calado y volvió a la base.

Este clamoroso fracaso descorazona a mucha gente, y no faltan quienes opinan que tal vez sería mejor «apagar los reflectores en el Ártico y dejar a las ballenas y a los esquimales en paz».

Bob Smith acude al despacho del comandante Cooper en Barrow y a bocajarro le pregunta si son ciertos los rumores de un posible abandono de la misión.

—¡No! ¡De ninguna manera! —se incomoda Cooper—. Puede usted informar de que hemos coordinado varias estrategias alternativas y no descansaremos hasta liberar a las ballenas.

—¿Y cuál será el paso inmediato?

—¡Amigo, ya ha sido dado! Hemos recibido

de Prudhoe Bay un gigantesco mazo rompehielos de dieciocho toneladas de peso y veremos si hay hielo que se le resista.

—¿Y cuándo empieza la tarea?

—Ahora mismo —consulta su reloj—, son las diez de la mañana y ya deben de estar probándolo. Como mucho, a las once horas iniciará su trabajo en las cercanías de la poza de las ballenas.

—¿Y por qué no se informó a la prensa de la existencia de ese mazo?

—Nos pareció mejor que lo vieran trabajando.

Se despiden con un apretón de manos.

Smith pone al corriente a toda la pequeña colonia de periodistas, que informan desde Barrow de la utilización del mazo rompehielos, y en pocos minutos los trineos mecánicos se ponen en movimiento.

EL MAZO ESTÁ CONSTITUIDO por un gran bloque de cemento armado, sostenido a manera de una peonza por un cable de acero desde un gigantesco helicóptero que guarda un extraño parecido con un zancudo.

El helicóptero eleva el mazo a dos metros y

luego deja correr el cable. El artefacto se estrella con gran estruendo y al primer intento apenas raja el hielo. Serán necesarios tres golpes para quebrar el hielo totalmente. Entonces intervienen unos artefactos traídos desde Minnesota, que con una especie de ventiladores de aire caliente «barren» el hielo dejando abierta la poza. El resto es tarea de los esquimales con sus sierras mecánicas.

El mazo cae cada cincuenta metros y abre una pequeña piscina artificial por la que, con suerte, podrán avanzar las ballenas, poco a poco, hacia su liberación.

Las imágenes del mazo rompehielos, filmadas por los periodistas en primeros planos, son espectaculares. Todos coinciden en que nunca antes habían visto un artefacto de esta naturaleza.

Además, también el barrehielos se convierte en una novedad para los millones de televidentes poco acostumbrados a contemplar estos aparatos. De la misma manera, la incansable labor de los esquimales inupiat llena de asombro a la gente.

Se abre una nueva esperanza que hace desbordar, a muchos, de entusiasmo.

—NO DEBEMOS ENGAÑARNOS, esto no funcionará —afirma Ted.

Bob Smith sonríe:

—Me parece que exageras. Existe mucho entusiasmo por parte de todo el mundo, y en casos como éste eso cuenta mucho.

—Sí, pero el entusiasmo no puede hacer milagros.

Ambos beben café en los estudios de la Enterprise. Hoy el termómetro ha bajado a 30 grados bajo cero y el cielo, hace pocos días despejado, ha comenzado a nublarse. Aun así, los helicópteros han seguido trabajando.

Al parecer, la operación rescate pasa por una etapa en la que los protagonistas son los helicópteros. Por un lado, el gran zancudo sigue machacando el hielo con el mazo, y por el otro, una verdadera flotilla transporta provisiones y cada cierto tiempo hace vuelos rasantes para mantener a raya a los osos blancos.

Algunos colectivos han lanzado serias advertencias buscando conservar la vida de los plantígrados. Se piensa que por salvar a dos ballenas se podría estar dando caza a osos blancos. El comando de la operación rescate ha reiterado su ofrecimiento: no se matará ninguno. Cuando los descubren, tratan de ahuyentarlos con vuelos bajos y después los persiguen un buen tramo, les arrojan pescado fresco y así permanecen alejados.

—Me parece extraño que precisamente tú pierdas la fe —reprocha Bob Smith a Lindsay.

—¡No la he perdido! Lo que pasa es que nunca me ciego con fáciles triunfalismos. No necesitamos difíciles cálculos matemáticos para darnos cuenta de que, después de todo, en este tiempo apenas se han excavado un par de kilómetros de pozas. Han pasado casi treinta horas, y a este paso imagínate cuándo llegarán a las aguas corrientes. Además, el frío ha de ser más riguroso y todo se puede echar a perder. ¡Es necesario actuar de manera diferente!

El periodista se sirve otra taza de café. Se pasea. Mira de un lado a otro, pensativo, y luego se acerca hasta Ted Lindsay. Le mira fijamente.

—¿Crees que tu plan será efectivo?

—¡Absolutamente!

—Corremos un riesgo. Si se hace público y fracasa, perderemos mucho.

—Hombre, siempre hay un margen de improbabilidad, pero no intentarlo nos puede llevar también a un ruidoso fracaso.

—¡Pues sí! Tiemblo al pensar qué dirán si dejamos morir a las ballenas después del gran despliegue publicitario que se ha hecho —Bob se rasca la cabeza, duda, vuelve a mirar a su amigo y finalmente se decide—: ¡Bueno, sea como tú propones! ¡Mañana temprano hazle la propuesta al comandante Raymond Cooper!

—ATENCIÓN LINDSAY, Barrow-Alaska. ¡Cambio!

—Le recibo, capitán Glasnov. ¡Cambio!

El inglés del ruso Glasnov es correcto. Lo aprendió en Moscú y lo ha perfeccionado por los mares del mundo.

—¡Nuestra oferta queda en pie! El rompehielos *Almirante Makarov* cuenta con todos los instrumentos necesarios para llegar a Punta Barrow y rescatar a las ballenas —afirma Glasnov—. Ya hemos recabado permiso de la Comandancia General y estamos dispuestos a ofrecerles nuestra ayuda, tal como ayer se lo comuniqué.

—Gracias, Glasnov, gracias. Se lo sugeriré al comandante Raymond Cooper, que dirige la operación de salvamento. Le ruego agradezca su ofrecimiento de ayuda a su Comandancia y también a Faro Azul de Finlandia, que hizo posible nuestra comunicación directa.

—¡Entendido, entendido!

—Aunque es un poco tarde, capitán Glasnov, quiero darles mi enhorabuena por el rescate de la colonia de ballenas que hicieron ustedes hace tres años. Lo leí en un recorte de mis carpetas sobre rescates y eso me animó a llamar a Faro Azul de Finlandia para que me pusieran en contacto con ustedes.

—El rompehielos *Vladimir Arsenyev,* según informa la Comandancia, también navega por aquí cerca, y probablemente colaborará en el rescate. De todas maneras, me comunicaré con ellos para ver si es posible su participación. ¡Cambio!

—Nuevamente gracias. Le ruego discreción absoluta hasta que Washington acepte nuestra propuesta. ¡Cambio y cierro!

AL ANOCHECER CUNDE la alarma en Barrow. Uno de los pequeños helicópteros que patrullan en el páramo cercano para alertar sobre la posible presencia de los osos blancos no ha retornado al centro de operaciones.

El comandante Raymond Cooper no está. Se ha desplazado horas antes a la base de Prodhoe

Bay, y el capitán Michael Clayton asume el mando.

—Le daremos un margen de veinte minutos más —dice Clayton a sus ayudantes, que se han reunido alertados por la desaparición del helicóptero—. ¿De quién se trata?

—Del teniente Mayer.

—¿Cuánto hace que ha enmudecido su radio?

—¡Aproximadamente una hora!

Clayton despliega un mapa y marcan gráficamente las coordenadas para tratar de establecer la probable posición del piloto extraviado.

—¿Predicción meteorológica?

—Viento racheado, con tendencia a subir de velocidad.

—Saldrán Hall y Brinton —señala en el mapa los lugares de búsqueda—; es posible que éstos sean los lugares donde puede encontrarse.

—¿Puedo salir como voluntario? —pregunta un piloto algo veterano, moreno y esbelto.

—Gracias, Thomas. Si deseas, puedes hacerlo.

—Tengo alguna experiencia y puedo servir.

Clayton asiente con una sonrisa.

Thomas Hardy ha participado en decenas de salvamentos en el Ártico. Nunca olvidará al español Félix Rodríguez de la Fuente, un brillante conocedor de la naturaleza a quien ayudó a filmar muchas escenas para sus películas

sobre la fauna de Alaska. Un día, Félix murió por la carencia de una avioneta mejor equipada, mientras registraba unas tomas sobre carreras de trineos tirados por perros. Él colaboró en el rescate y repatriación de su cadáver.

Cumplido el plazo de espera previsto, los tres helicópteros despegan. Esto alerta a los periodistas, que salen en desbandada desde la casa que ha sido habilitada como su cuartel general. Inmediatamente son informados de la desaparición del helicóptero.

—Tienen orden de hacer una búsqueda tentativa, con una hora y media de autonomía, y luego retornar a la base —les informa Clayton.

Ted Lindsay solicita al capitán Clayton que le facilite las coordenadas de probabilidad sobre las que harán el vuelo de rastreo.

—Lo siento —dice Clayton—, se trata de una operación militar y no puedo facilitarle esta información.

—Conozco la zona como la palma de mi mano —dice Lindsay—. Podría...

—Señor Lindsay —le interrumpe—. Si hoy no encuentran al piloto caído, mañana todos sus conocimientos nos serán de gran utilidad.

—Si no lo encuentran hoy, mañana lo hallarán, pero tal vez muerto. En el caso de que haya caído y no pueda remontar el vuelo... Ya saben ustedes que estos aparatos no tienen calefacción, y su sola vestimenta no lo ayudará a soportar treinta y cinco grados bajo cero... Morirá congelado.

—Lo siento, Lindsay. Son los riesgos de la profesión... Además, dentro de poco será imposible salir para cualquiera; el viento ha empezado a aumentar de velocidad.

Los minutos pasan tensos. De vez en vez, los pilotos se comunican con la base para decir lo mismo:

—¡No hay señales de ningún tipo!

Algunos periodistas telefonean a sus redacciones, y pronto corre la noticia de que el rescate de las ballenas ya se ha cobrado, posiblemente, una víctima mortal.

El capitán Clayton insiste en que no se deben hacer conjeturas apresuradas, pero admite que el desenlace puede ser trágico.

Brinton llama a la base de urgencia.

—Aquí Campamento Barrow. Le escuchamos, adelante.

—¡Hemos avistado el helicóptero! ¡Ha caído y está totalmente destrozado, pero al parecer no se produjo ningún incendio!

—¿Condiciones atmosféricas?

—¡El viento sopla muy fuerte!

—¿Es posible el descenso?

Y el helicóptero no responde.

La base insiste:

—Brinton, Brinton, ¿es posible el descenso?

Y la radio del aludido también se ha silenciado.

Las miradas se tornan angustiadas. Nadie quiere decirlo, pero todos lo piensan. Las suposiciones se desbordan y empiezan a correr. ¿Es posible que también haya caído el otro helicóptero?

Los minutos pasan inexorablemente. Son alertados los otros dos helicópteros y se les indica con precisión el lugar donde se supone que están el helicóptero caído y el otro desaparecido.

—¡Campamento Barrow! ¡Soy Brinton! ¿Me oye?

Todos dan gritos de alegría y algunos aplauden.

—¡Adelante, Brinton!

—¡Volvemos al campamento y traemos al teniente Mayer vivo! ¡Repito, Mayer está vivo! ¡Tiene posiblemente una pierna rota, pero por lo demás está íntegro!

Hay nuevos gritos y aplausos. La muerte no se ha llevado a Mayer. Aunque su helicóptero tal vez termine en algún depósito de chatarra.

9 *Ayuda del otro lado del mar*

AL comandante Raymond Cooper se le enciende la cara de disgusto. Tamborilea con los dedos sobre su escritorio. Devuelve fijamente la mirada a Ted Lindsay, que está también sentado frente a él, se pone de pie, da unos pasos hasta la ventana y, mirando hacia afuera, le pregunta:

—¿Tiene usted absoluta seguridad de que no daremos un paso en falso?

—Ya se lo he dicho.

—¡Esto no me gusta en absoluto! —golpea con el puño cerrado la palma de su otra mano—. ¡Debo consultarlo a Washington!

Lindsay se levanta del asiento.

—¡Hágalo, pero de inmediato, porque minuto que pasa es minuto que se pierde..., y podemos perder! —dice, y camina hacia la puerta.

—¡Espere, Lindsay! ¡Llamaré ahora mismo!

Ted se sienta de nuevo, complacido.

Cooper personalmente hace una llamada directa a Washington. Se identifica como el responsable de la Operación Rescate de las ballenas del Polo Norte y solicita permiso para hablar con el general Philip B. Houdson. Poco después, Houdson se pone al aparato.

—Comandante Cooper, me alegra que me haya llamado usted; yo ya estaba a punto de hacerlo —dice—. He leído su informe de ayer y estamos sorprendidos por el avance tan lento de las operaciones en Alaska. ¿Acaso no cuenta usted con el apoyo necesario?

—Sí, señor. Pero la lucha contra la naturaleza es ardua y a veces no basta nuestro gran esfuerzo.

—No me dirá que pretende tirar la toalla, ¿verdad?

—No, señor; no se trata de eso.

—Bueno, le escucho.

—En Barrow, uno de nuestros principales asesores civiles es Ted Lindsay, veterano de guerra, hombre de mucha seriedad y que vive en Alaska desde hace casi veinte años dedicado a todos estos menesteres. Él ha entablado diálogo con el comandante de una nave soviética que está relativamente cerca; se trata del rompehielos *Makarov*, que posee casi el doble de calado que nuestro Hovercraft; además, ellos tienen mucha experiencia en este tipo de trabajos...

—¡Rusos! —grita Houdson—. ¡Que vengan a ayudarnos rusos después de la publicidad que se le ha dado por todo el mundo a este caso!

—Sí, señor.

—¿Es que se ha vuelto loco todo el mundo?

—No, señor. Pero sería peor que se murieran las ballenas.

—¡Yo casi lo prefiero!... ¡Que los rusos se coman el pastel habiéndolo preparado nosotros! Vaya, vaya... Oiga, Cooper, dígamelo con toda franqueza, ¿qué otra alternativa nos queda?

—Tenemos planeado experimentar con las ballenas un aparato que las duerme. Luego, podríamos izarlas dentro de una red con helicópteros y llevarlas hasta el mar abierto.

—¡Hágalo!

—Sí, señor, pero hay dos dificultades. Tenemos a un enjambre de periodistas que televisarán todo en directo, y si fallamos será terrible...

—¿Ésa es la dificultad?

—No, señor. Los aparatos que las pueden dormir no han sido todavía ejercitados con animales acuáticos y nunca con mamíferos que pesen más de un par de toneladas. Se ignoran las dosis adecuadas y sus efectos posteriores y, en segundo lugar, la maniobrabilidad de los helicópteros ha sido reducida casi a cero por el fuerte viento del Polo, que se desató ayer por la tarde y ya nos hizo perder un aparato. El viento probablemente continuará, y maniobrar helicópteros con peso lastrado de cuarenta toneladas adicionales es maniobra de alto riesgo.

—Sí, ya lo he leído. ¡Bien, comandante Cooper, ésta es una decisión que tampoco me compete! Debo consultarla con mis mandos superiores. Tan pronto tenga algo, se lo haré saber.

Y corta, sin oír el «sí, señor» que le dedica Cooper.

—Bueno, Lindsay, ya lo ha oído usted. Ahora ya no está en mis manos la aceptación del plan. Y, eso sí, le pido absoluta reserva ante todo el mundo sobre la posible participación de los rusos mientras desde Washington no se diga la última palabra. ¿Entendido?

—¡De acuerdo!

—La reserva incluye de manera especial a su amigo Bob Smith.

—Muy bien. Se lo diré ahora mismo.

—¿Hay alguien más que esté enterado del proyecto?

—Nadie en absoluto.

SEIS HORAS TARDAN desde Washington para dar la respuesta definitiva. El comandante Raymond Cooper convoca a Ted Lindsay y le hace entrega del documento enviado a Prudhoe Bay por telefax y de allí llevado a Barrow directamente por helicóptero. El texto ya es histórico:

> *Estados Unidos autoriza y solicita la intervención de rompehielos soviético dentro de sus aguas jurisdiccionales, para rescatar a las ballenas cautivas en Punta Barrow de Alaska, con una sola condición: que Rusia garantice formalmente que sus navíos podrán vencer todas las dificultades y llevar sanas y salvas a las ballenas hasta las aguas de mar abierto.*
>
> *Philip B. Houdson*
> *U.S. Army - Washington D.C.*

—¡Aquí lo tiene, Ted; el éxito de la gestión es suyo, y espero que el resultado también nos depare una satisfacción! ¡Enhorabuena!

—Gracias, comandante —dice Lindsay, y estrecha la mano de Cooper.

—¡Bien! Podemos enviar el cable en este momento desde la misma base.

Se dirigen a la sala de comunicaciones. Lindsay dicta el código del rompehielos *Almirante Makarov* y sale la petición. Se insiste en lo que Washington quiere: «Necesitamos la garantía

95

formal de que podrán realizar con todo éxito esta delicada misión».

La respuesta de los rusos, firmada por el capitán Glasnov, es increíble: se limitan a fijar con exactitud sus coordenadas, notifican que también el rompehielos *Vladimir Arsenyev,* que está por las inmediaciones, colaborará en el rescate y anuncian que parten en el acto hacia Barrow.

10 *El último susto*

«Los rusos salvarán a las ballenas», dicen los titulares de los diarios, y el caso se transforma en un hecho internacional. Mucha gente no termina de comprender cómo la vida de dos simples ballenas grises puede movilizar tantos recursos humanos y tecnológicos.

Allí están de nuevo, desde Alaska en directo, Bob Smith y otros corresponsales y periodistas en las pantallas de televisión, narrando detalladamente cómo Ted Lindsay se puso en contacto con los rusos a través de un radioaficionado de Finlandia que emite bajo el nombre de Faro Azul. Éste, a su vez, pudo captar una señal del rompehielos *Almirante Makarov* para luego hacer un «acople radial» con Barrow hasta que lograron entrar en contacto.

La suerte está echada. Los rusos han garantizado a la administración norteamericana que ellos, de todas maneras, salvarán a las ballenas, mientras la expectación mundial crece vertiginosamente.

En Barrow, Ted Lindsay recibe una llamada desde Nueva York. Es Juliet Adams, la redactora de *Sun Review:*

—Sí, dígame. Soy Lindsay.

—Amigo Ted —le dice con aspereza—, ¿han pensado bien las cosas que están haciendo?

—Señora Adams, con todos los respetos, ¿no tiene usted algo más importante que decirnos?

—¡Dios mío! ¡Algo más importante! ¿No le parece a usted importante que muchos niños nos digan que somos unos mentirosos? Porque yo tengo un hijo...

—¡Ya lo sé!... ¡Que tiene siete años y anda chiflado por las ballenas!

—¡El mismo! ¿Y sabe usted con qué cuento me ha venido ahora? ¡Me ha llamado mentirosa!

—No lo entiendo.

—Pues yo sí. Me he pasado la vida diciéndole que los rusos son malos y ahora el niño me ha dicho: «Si los rusos son tan malos, ¿por qué van a salvar a las ballenas?». Muy simple, ¿verdad? ¿Cómo se lo explico?

—Señora mía, dígale la verdad. Si nunca les mentimos a los niños, ellos no tienen por qué llamarnos mentirosos... Y ahora perdone, tengo otras llamadas, le voy a colgar el teléfono.

UNA CERRADA NEBLINA dificulta el avance del *Almirante Makarov* y, además, grandes bloques de hielo flotan a su paso, en el mar Ártico, haciendo más penosa y sumamente arriesgada la travesía. Posiblemente, otro jefe de navegación, ante esa circunstancia, hubiese ordenado una maniobra de cambio de dirección, pero Glasnov no; su coraje y su pericia le hacen seguir adelante. Aunque, como extremada precaución, sólo ha reducido la velocidad.

Las horas pasan lentas y cargadas de tensión. La neblina sigue creciendo y el capitán Glasnov no desmaya a pesar del recelo de sus ayudantes. Su valor de piloto avezado raya con la temeridad, y continúa la marcha entre el crujido del manto helado, que se parte bajo la quilla acerada del barco, y la despiadada neblina que mantiene a todos con el alma en vilo.

—Capitán —le dice Igor, el piloto—, opino que debemos aminorar todavía más la marcha hasta que se disipe la niebla. La visibilidad está prácticamente a cero.

Glasnov tiene las cejas fruncidas, casi juntas. Mordisquea su pipa.

—¡Sasha, comuníquese con *Tovarich VI!* —mira a sus ayudantes con los ojos brillantes de entusiasmo—. No será la primera vez que un barco ruso maniobre en la niebla cerrada guiado desde un satélite. ¡Vamos a intentarlo!

Poco después llegan la respuesta afirmativa y las indicaciones precisas para que Glasnov continúe navegando hacia Barrow sin miedo a encallar. La aventura es temeraria, pero se compensa cuando el nuevo amanecer llega con un cielo abierto salpicado de nubes y de buena visibilidad.

El día 23 de octubre, a pocas millas de las pozas de las ballenas, el rompehielos *Vladimir Arsenyev* se une al barco de Glasnov. Horas después, en medio del júbilo general, avistan las ballenas.

Sin duda, el abuelo de Yak es el más entusiasta. Salta como un niño agitando los brazos en alto y corriendo por las inmediaciones de los rompehielos. Pide a su nieto, a gritos, que lo imite:

—¡Corre, Yak! ¡Siéntete feliz, que al menos hemos salvado a dos ballenas!

—¡Lo conseguimos abuelo, lo conseguimos!

A MUCHAS MILLAS HORARIAS, Radio Moscú lanza la primicia:

—A media tarde de hoy, los dos rompehielos soviéticos solicitados por Estados Unidos para sacar del aislamiento a dos ballenas atrapadas en el Ártico, cerca de Punta Barrow, en Alaska, han conseguido llegar hasta el último escollo que mantiene encerrados a los dos animales. Esta misma tarde, ambos navíos rusos iniciarán la apertura de un corredor marino para que los cetáceos puedan acceder hacia el agua corriente. Es un triunfo que nos llena de satisfacción y orgullo.

Por su menor calado, el *Arsenyev* abre la brecha en el páramo helado y luego el *Makarov* la ensancha, como quien abre un surco a la vida.

Las dos ballenas parecen entender que la hora de salvarse ha llegado y siguen a los rompehielos a prudente distancia.

El gran manto de nieve se pone más blando y el capitán Glasnov decide apresurar la marcha. Todavía quedan bastantes kilómetros que recorrer, y aceleran hasta perder de vista a las ballenas, que sin duda continúan avanzando.

LINDSAY Y BOB SMITH, a bordo del helicóptero, están decididos a registrar personalmente el preciso momento en que las ballenas dejen el mar helado y encuentren el agua corriente, en su viaje definitivo hacia la libertad.

Es el 26 de octubre por la mañana y todo el mundo se entera de que las ballenas por fin son libres.

El rostro de Bob Smith comparece nuevamente por televisión. Y ante la mirada llena de asombro de millones de seguidores, el rótulo televisivo con que se inicia su emisión es increíble: *¡Tal vez mueran las ballenas!* Es para no creérselo.

—Las dos ballenas de Alaska continúan atrapadas a escasos kilómetros del agua corriente que las devolverá a la libertad. Los dos rompehielos soviéticos han cumplido con su trabajo, pero han abierto con tanta prisa el camino que, antes de que las ballenas pudieran llegar al mar, el «camino de agua» se ha cerrado de nuevo, por la gran ola de frío que azota esta zona. Los termómetros han descendido en el exterior a treinta y dos grados bajo cero.

TED LINSAY HA VUELTO a llamar por radio a los rusos. Pasan los minutos y ellos no contestan. Al parecer, han cerrado el receptor para la frecuencia de Alaska.

Pero Lindsay no es de los que se dan por vencidos con facilidad. Después de estar varias horas intentando comunicarse, ha conseguido finalmente establecer contacto con el capitán Glasnov. Le cuenta rápidamente lo desesperado de la situación y termina:

—Si no vuelven sobre sus pasos, las ballenas morirán irremediablemente.

—¡Ya he dado la orden de maniobra en contramarcha! —le contesta Glasnov alegremente.

El *Almirante Makarov* retorna con premura y se detiene a pocos metros de las ballenas, donde, al parecer, los témpanos rotos han formado una especie de pequeño dique. Se toman las previsiones del caso y poco después desembarcan un extraño tractor de once toneladas que posee un artefacto al que los rusos llaman «hélice de Arquímedes». Lo enfilan hacia el dique, y sopla con tanta fuerza, que rápidamente diluye el obstáculo sin el menor daño para las ballenas.

Queda abierto el nuevo camino hacia la libertad, y el capitán Glasnov recibe órdenes de

permanecer allí hasta observar el definitivo alejamiento de las ballenas.

DESPUÉS DE NAVEGAR VARIOS miles de kilómetros, las dos ballenas retenidas en Alaska llegan a las costas frente a México y se juntan a sus hermanas, que ya disfrutan del agua tibia. Cuando llegue la primavera, emprenderán un nuevo viaje al norte y volverán posiblemente a visitar las playas de Bering, junto al Polo Norte.

En Alaska, en el hogar del abuelo de Yak, se recuerda con emoción y nostalgia el salvamento de las ballenas. Roy, el padre, ha oído una emisión por radio: se asegura que la Operación Rescate ha costado en total un millón de dólares.

—Todos hemos ganado algo —dice Roy.

Yak sonríe. Tiene una radio portátil en la mano, que se ha comprado con lo que ganó cuidando a las ballenas.

—Se oye muy bien —dice el muchacho esquimal.

—¡Nunca hemos comido tantas gambas! —confiesa la madre, aludiendo a las que les obsequiaron a los esquimales cuando sobraron de la dieta de las ballenas.

El abuelo sonríe. Pasea la mirada por la habitación.

—Por ahora ha ganado el mar —dice—, pero dentro de poco volverán los grandes barcos cazadores de ballenas y no perdonarán a las que encuentren...

Fuera, el aire helado trae el sonido lejano de una vieja campana que anuncia la Navidad.

Madrid, invierno-primavera de 1989

Índice

Angélica
Hernandez
Ramos